상실에 대하여

Notes On Grief

치마만다 응고지 아디치에
황가한 옮김

상실에 대하여

Notes On Grief

지금, 깊은 상실을 겪고 있는
당신에게

제임스 느워예 아디치에(1932~2020)를 추모하며

차례

1

영국 사는 오빠가 일요일마다 줌 회의를
만든 것은 코로나 봉쇄 동안 우리가 지키기로
한 활기찬 의례였다. 육 남매 중에 둘은 라고스
에서, 셋은 미국에서, 그리고 부모님은 나이지
리아 남동부의 우리 선향(先鄕) 아바에서 때로
는 왕왕 울리고 지직거리는 소리를 내며, 접속
했다. 6월 7일, 늘 그렇듯 화면에 아버지 이마만
보였다. 영상 통화를 하는 동안 휴대폰을 어떻
게 들고 있어야 하는지 아버지가 몰랐기 때문이
다. "전화기 좀 움직여 보세요, 아빠." 우리 중 한

명이 말하곤 했다. 아버지는 새로운 별명으로 오케이 오빠를 놀리다가 점심을 늦게 먹어서 저녁은 안 먹었다고 말하고는 옆 마을의 억만장자에 대해 이야기했다. 그는 조상 대대로 물려받은 우리 마을의 땅을 빼앗고 싶어 했다. 아버지는 컨디션이 좀 안 좋고 요즘 잠을 잘 못 자지만 걱정할 필요는 없다고 했다. 6월 8일, 아바에 간 오케이 오빠가 아버지가 피곤해 보인다고 말했다. 6월 9일, 나는 아버지가 쉴 수 있도록 통화를 짧게 끝냈다. 내가 친척 누구를 장난스럽게 흉내 냈더니 아버지가 나지막이 웃었다. 그리고 "카 치 포."라고 말했다. 잘 자라. 그것이 아버지가 내게 한 마지막 말이었다. 6월 10일, 아버지가 돌아가셨다. 축스 오빠가 전화로 내게 말했고 나는 그대로 무너져 내렸다.

2

네 살배기 딸이 내가 무섭단다. 나에게 보여 주려고 바닥에 무릎 꿇고 앉아서는 부르쥔 작은 주먹을 들었다 내렸다 한다. 딸애의 흉내 덕에 나는 있는 그대로의 내 모습, 그야말로 흐트러지고 악을 쓰고 바닥을 내리치는 나를 본다. 그 소식은 흡사 잔인한 뿌리 뽑기 같았다. 어렸을 때부터 알아 온 세계로부터 내가 뿌리째 뽑혀 버렸다. 하지만 나는 저항 중이다. 아버지는 그날 오후에 신문을 읽었고, 다음 날 오닛샤의 신장 전문의에게 진료받으러 가기 전에 면

도하는 얘기로 오케이 오빠랑 농담했고, 전화로 의사인 이제오마 언니랑 병원 검사 결과를 상의했다. 그런데 어떻게 이럴 수가 있단 말인가? 하지만 저기에 아버지가 있다. 오케이 오빠가 위에서 아버지의 얼굴을 비추는데 아버지는 잠든 것처럼 보인다. 휴식을 취하는 것처럼 편안한 표정이다. 우리의 줌 회의는 완전히 초현실적이다. 세계 곳곳에서 다 같이 울고 울고 또 울면서 사랑하는 아버지가 병원 침대에 가만히 누워 있는 모습을 믿을 수 없다는 듯이 바라보고 있다. 그 일은 나이지리아 시간으로 자정 몇 분 전에 일어났다. 아버지 곁에는 오케이 오빠가 있었고 스피커폰으로는 축스 오빠랑 통화 중이었다. 나는 아버지를 쳐다보고 또 쳐다본다. 숨쉬기가 힘들다. 충격이란 게 이런 건가? 공기가 끈적끈적한 풀로 변하는 것인가? 우체 언니가 가족의 지인에게 문자로 알렸다고 말하자 내가 버럭 외친다. "안 돼! 아무한테도 말하지 마. 다른 사람들한테 말하면 진짜가 돼 버리잖아." 남편이 말한다. "숨 천천히 쉬고 이 물 좀 마셔." 코로나 봉쇄 이후 내 생필품이 되어 버린 실내복이 바닥에 구겨져 있다. 훗날 남동생 케네는 이렇게 농담할 것이다. "누나는 충격적인 소식을 공공장소에서 듣지 않는 게 좋겠어. 충격을 받으면 옷을 찢으니 말이야."

3

누군가를 잃는 슬픔은 잔인한 종류의 배움이다. 우리는 애도가 얼마나 차분하지 않을 수 있는지, 얼마나 분노로 가득할 수 있는지 알게 된다. 타인의 위로가 얼마나 겉치레처럼 들릴 수 있는지 알게 된다. 슬픔이 얼마나 말과 관련된 것인지, 말로 표현할 수 없는 것과 말로 표현하려 애쓰는 것인지 알게 된다. 옆구리가 왜 이렇게 쑤시고 아픈가? 너무 울어서 그렇단다. 울 때도 근육을 쓰는지 몰랐다. 마음이 아플 줄은 알았지만 몸까지 아플 줄은 몰랐다. 입맛이 참을 수 없이 쓰다. 맛없는 식사를 하고 나서 이 닦기를 깜빡한 것처럼. 가슴에는 무겁고 끔찍한 돌이 얹힌 것 같다. 몸속이 영원히 녹아내리는 듯한 느낌이다. 그리고 심장은 ― 내 진짜 심장 말이다, 여기에 비유적 의미는 하나도 없다. ― 내게서 달아나고 있다. 내 몸과는 별개의 존재가 되어 나와는 맞지 않는 박자로 너무 빨리 뛰고 있다. 정신만 고통스러운 것이 아니라 몸도 고통스럽다. 아프기도 하고 힘이 하나도 없다. 살, 근육, 장기들이 모두 멈췄다. 어떤 자세를 취해도 편하지가 않다. 몇 주째 속이 울렁거린다. 불길한 예감 때문에 긴장되고 딱딱하다. 누군가가 또 죽을 거라는, 또 목숨을 잃을 거라는 확신이 가시지 않는다. 어느 날 아침에 평소보다 일찍 오케이 오빠한테서 전화가 오자 나는 생각한다. 그냥 말해. 빨리 말해 줘. 또 누가 죽었어. 엄마야?

4

미국 집에 있을 때 나는 공영 라디오 채널인 NPR을 배경 소음 삼아 틀어 놓는 것을 좋아하는데 아버지가 우리 집에 오면 아무도 안 듣고 있을 때마다 라디오를 꼭 *끄곤* 했다.

"아빠는 항상 라디오를 *끄*시고 나는 항상 도로 켰던 게 생각나. 뭔가 낭비라고 생각하셨나 봐." 내가 오케이 오빠한테 말한다.

"아바에서 항상 발전기를 너무 일찍 *끄고* 싶어 하셨던 것처럼 말이지. 아버지가 살아 돌아오시기만 한다면 얼마든지 그러시라고 할 텐데."오빠가 말하고 우리는 웃는다.

"그리고 나는 매일 아침 일찍 일어나고 가리[1]도 먹고 일요일마다 미사에 갈 텐데."내가 말하고 우리는 웃는다.

내가 예일 대학교 대학원에 다닐 때 부모님이 왔던 이야기를 다시 한다. 내가 "아빠, 석류 주스 좀 드실래요?"라고 물으면 아버지가 대답한다. "아니, 괜찮다. 그게 뭔진 모르지만."

그 뒤로 석류 주스는 우리 집 단골 농담이됐다. 우리가 자주 하고 또 했던 모든 단골 농담들. 아버지는 한순간 완전히 정색했다가 다음 순간 입을 활짝 벌리며 너털웃음을 터뜨리곤 했다. 또 하나의 깨달음. 얼마만큼의 웃음이 슬픔의 일부인가. 웃음은 우리 가족만의 은어에 단단히 엮여 있고 이제 우리는 아버지를 추억하며 웃지만 마음속 한편에는 아직도 불신의 안개

---

1   서아프리카의 주식 중 하나. 카사바의 덩이줄기를 갈아서 발효시킨 다음 체질해서 익히면 낟알 모양의 가리가 된다.

가 끼어 있다. 웃음소리가 잦아든다. 웃음은 눈물이 되고 슬픔이 되고 분노가 된다. 나는 아직 끔찍하고 격렬한 분노를 받아들일 준비가 되어 있지 않다. 슬픔이라는 지옥 불 앞에서는 덜 자란 풋내기다. 하지만 어떻게 아침에는 농담하며 얘기하던 사람이 밤에는 영영 떠나 버릴 수 있단 말인가? 그것은 정말 빨랐고 너무 빨랐다. 그런 식으로, 악의적인 장난처럼 일어나선 안 됐다. 세계를 폐쇄해 버린 팬데믹 중에 그래선 안 됐다. 코로나 봉쇄 동안 아버지와 나는 이 모든 것이 얼마나 이상한지, 얼마나 무서운지 이야기를 나누곤 했는데 아버지는 자주 내게 의사 남편 걱정은 하지 말라고 했다. "아빠 정말로 따듯한 물 드시고 계세요?" 하루는 내가 깜짝 놀라서 깔깔 웃으며 물었다. 아버지가 멋쩍어하면서, 따듯한 물을 마시면 코로나에 안 걸린다는 글을 어딘가에서 읽었다고 말했기 때문이다. 아버지는 민망스레 웃으면서 따듯한 물이 해될 건 없

다고 말했다. 에볼라 사태 때 해 뜨기 전에 소금
으로 목욕하라던 헛소리와는 다르다는 것이다.
내가 "아빠 좀 어떠세요?"라고 물으면 아버지
는 늘 이렇게 대답하곤 했다. "엔웨롬 은소그부 차
차." 아무 문제 없다. 아주 좋아. 그리고 정말로
그랬다. 그렇지 않아지기 전까지는.

5

문자가 쏟아져 들어온다. 나는 그것을 안개 너머로 보듯 바라본다. 이 문자는 누구에게 온 것인가? "아버님의 별세를…….".으로 시작되는 문자. 누구네 아버님 말인가? 언니가 자기 친구한테서 온 문자를 전달한다. 우리 아버지가 업적에 비해 너무 겸손한 분이었다는 내용이다. 손가락이 떨리기 시작해서 휴대폰을 치워 버린다. 아버지는 겸손한 분이었던 게 아니라 겸손한 분이다. 사람들이 음그발루, 즉 조의를 표하기 위해 우리 집으로 줄지어 들어오는 영상을 보자 화면 속으로 손을 뻗어서 그 사람들을 우리 집 거실에서 끄집어내고 싶다. 어머니는 벌써 차분한 과부의 자세로 거실 소파에 자리 잡았고 사회적 거리 두기를 위한 탁자가 어머니 앞에 장벽처럼 놓여 있다. 친구들과 친척들이 벌써부터 이래라저래라 떠들어 댄다. 현관문 옆에 방명록을 놓아야 한다고 해서 언니는 탁자에 씌울 하얀 레이스 한 필을 사러 가고 오빠가 딱딱한 표지가 달린 공책을 사 오자 곧 사람들이 허리를 숙이고 방명록을 적기 시작한다. 나는 생각한다. 다들 돌아가! 왜 당신들이 우리 집에 와서 그 이상한 공책에 이름을 쓰고 있는 거야? 어떻게 감히 이걸 현실로 만들 수가 있어? 왠지 몰라도 선의를 가진 이 사람들은 공모자가 되고 만다. 나는 내가 음모론으로 달콤쌉쌀해진 공기를 들이마시는 걸 느낀다. 여든여덟 살이 넘은 사람들, 우리 아버지보다 나이가 많은데도 멀쩡히 살아 있는 사람들을 생각하니 따끔따끔한 분통함이 내

안에 넘쳐흐른다. 내 분노가, 내 공포가 두렵다. 그 안 어딘가에는 수치심도 있다. 나는 왜 이렇게 화나고 겁먹었는가? 잠드는 것이 두렵고, 잠에서 깨는 것이 두렵다. 내일이 두렵고 그 뒤의 모든 내일들이 두렵다. 내 안은 놀라움으로 가득 차 있다. 어떻게 평소처럼 집배원이 오고, 사람들이 나에게 강연을 요청하고, 휴대폰 화면에 뉴스 알림이 뜰 수가 있는지 믿어지지가 않는다. 어떻게 세상이 계속 돌아가고, 변함없이 숨을 들이쉬고 내쉴 수가 있나? 내 영혼은 영원히 산산조각 났는데.

6

슬픔은 내게 새로운 거죽을 씌우고 눈에
서 비늘을 벗겨 낸다. 나는 과거의 확신들을 후
회한다. 너는 물론 애도하고, 이야기로 풀고, 정면
으로 마주하고, 돌파해야 해. 아직 진정한 슬픔에
익숙하지 않은 자의 우쭐대는 확신이었다. 나
는 과거에도 애도해 봤지만 이제야 슬픔의 핵심
에 닿았다. 이제야 그 가장자리의 작은 구멍들
을 더듬거리면서 빠져나갈 길이 없음을 배운다.
나는 이 소용돌이의 한가운데에 있다. 나는 상
자 만드는 사람이 되어 구부러지지 않는 그 벽

안에 내 생각을 가둔다. 슬픔의 얇은 표면에만 내 마음을 나사로 단단히 고정한다. 나는 너무 많이 생각할 수 없다. 너무 깊게 생각할 엄두를 내지 않는다. 안 그랬다가는 고통뿐만이 아니라 숨 막히는 허무주의에 질 테니까. 아무 의미도 없어, 무슨 의미가 있겠어, 아무것에도 아무런 의미도 없어, 라는 생각의 반복. 나는 의미가 있길 바란다. 설사 지금은 그게 무슨 의미인지 내가 모르더라도. 현실 부정에는 품위가 있다는 축스 오빠의 말을 속으로 되뇐다. 이 현실 부정, 이 외면은 피난처다. 물론 이런 노력 자체도 애도이므로 나는 본다는 행위의 비스듬한 그림자 속에서 보지 않고 있지만 똑바로 흔들림 없이 바라보았을 때 일어날 참사를 상상한다. 달아나고 또 달아나고 싶은, 숨고 싶은 충동도 자주 느낀다. 그러나 영원히 달아날 순 없다. 내 슬픔을 정면으로 마주해야 할 때마다 — 사망 증서를 읽을 때, 부고 초안을 쓸 때 — 일렁이는 공포를 느낀다. 그런 순간에 일어나는 신기한 신체 반응도 알게 된다. 온몸이 부들거리고, 손가락이 제멋대로 춤추고, 한쪽 다리가 덜덜 떨린다. 눈을 돌리기 전까지는 내 몸을 진정시키지 못한다. 사람들은 사랑하는 아버지를 잃은 뒤에 어떻게 정상적인 기능을 하며 세상을 돌아다니는 걸까? 태어나서 처음으로 나는 수면제에 푹 빠졌다. 그리고 샤워나 식사 도중에 갑자기 울음을 터뜨린다.

7

나는 더 이상 최상급을 조심스럽게 쓰지 않
는다. 2020년 6월 10일은 내 생애 최악의 날이
었다. 누구에게나 인생 최악의 날이라는 게 있
는데, 우주여 제발, 그것을 능가하는 날이 오지
않길 바란다. 6월 10일의 전주에 나는 딸과 뛰
어다니며 놀다가 넘어지면서 머리를 부딪히는
바람에 뇌진탕을 일으켰다. 며칠 동안 혼란스러
웠고 소리와 빛에 민감했다. 그래서 부모님에게
도 평소처럼 매일 전화하지 않았다. 그러다 마
침내 전화를 했더니 아버지는 본인 몸이 안 좋

은 것보다 내 머리 얘기를 하고 싶어 했다. 뇌진탕이 나으려면 오래 걸릴 수도 있다더라, 아버지가 말했다. "당신 지금 '내진탕'이랬어. '뇌진탕'이라고 해야지." 뒤에서 어머니가 말했다. 지난주에도 전화를 며칠 빼먹지 말 걸 그랬다. 그랬다면 아버지가 그냥 좀 안 좋은 게 아니라는 걸 알아차렸을 텐데 — 겉으로 티가 많이 안 났어도 느꼈을 텐데. — 그래서 더 빨리 병원에 가라고 다그쳤을 텐데. 그랬다면, 그랬다면. 죄책감이 내 영혼을 갉아먹는다. 나는 6월 10일에 일어난 일을 막기 위해, 그 일이 안 일어나게 만들기 위해 일어날 수도 있었을 모든 일, 세상이 천지개벽할 수도 있었을 모든 방법에 대해 생각한다. 그리고 오케이 오빠를 걱정한다. 충직하고 예민한 영혼의 소유자인 오빠는 임종을 지켰기 때문에 우리와는 죄책감의 무게가 다르다. 오빠는 그날 밤 달리 할 수 있었던 일이 있는 건 아닐까 고민한다. 그날 밤 아버지는 불편한 기

색을 보이면서 "나 좀 일으켜 다오."라고 했다가, 아니, 다시 눕는 게 낫겠다고 말했다. 아버지는 조용하고 차분하게 기도를 했다고 한다. 그것은 이보어[2] 묵주 기도의 일부처럼 들렸다. 이 이야기를 듣는 것이 내게 위안이 되는가? 정확히 아버지에게 위안이 된 만큼만 그러하다.

사인은 신부전으로 인한 합병증이었다. 주치의는 무언가의 감염이 만성 신장병을 악화시켰다고 말했다. 그런데 무엇에 감염되었단 말인가? 물론 나는 코로나바이러스를 생각한다. 몇 주 전 기자 몇 명이 우리 선향의 땅을 뺏고 싶어 하는 억만장자에 대해 아버지와 인터뷰한다고 우리 집에 찾아왔었다. 지난 이 년간 아버지는 그 분쟁에 몰두해 있었다. 그때 코로나바이러스에 노출됐던 걸까? 의사는 아버지를 검사하진 않았지만 아닐 거라고, 본인도 코로나바이러스

---

2   나이지리아의 이보족이 사용하는 언어.

증상이 없었고 주변에서도 증상이 나타난 사람이 아무도 없다고 말했다. 아버지는 탈수증으로 입원해서 수액을 맞았다. 오케이 오빠는 해어진 병원 시트를 벗기고 집에서 가져온 시트로 바꿨다. 다음 날인 6월 11일은 신장 전문의와 진료 예약이 되어 있던 날이었다.

8

아버지를 너무 많이, 너무 격렬하게, 너무 상냥하게 사랑했기 때문에 나는 늘 마음속 한구석에서 이날을 두려워했다. 하지만 아버지가 상대적으로 건강하다는 사실에 안심하여 우리에게 시간이 있다고 생각했다. 아직 때가 안 됐다고 생각했다. "나는 아버지가 당연히 아흔 넘게 사실 줄 알았어." 남동생 케네가 말한다. 우리 모두 그랬다. 우리는 어쩌면 또 터무니없게 아버지가 선량하고 인품이 훌륭하니까 구십 대까지 우리 곁에 있을 거라고 생각했다. 하지만 내가 나 또한 완전히 부정했던 진실을 느꼈던 걸까? 내 영혼이 알았던 걸까? 아버지가 아프다는 말을 듣고 나자 불안이 발톱처럼 내 위장을 할퀴었던 것, 이틀 동안 잠 못 이뤘던 것, 원인을 알 수도 없고 떨쳐 낼 수도 없는 먹구름이 머리 위를 맴돌았던 것을 돌이켜 보면. 그것은 아무리 우리 집 걱정쟁이인 나라고 해도 지나쳤으니까. 내가 얼마나 나이지리아 공항이 다시 문 열길 바랐던가. 그랬다면 라고스에서 비행기를 갈아타고 아사바까지 간 다음에 다시 한 시간을 운전해서 선향에 아버지를 직접 보러 갈 수 있었을 텐데. 그러니까 나는 알았던 거다. 아버지와 너무 가까웠기 때문에, 알고 싶지 않았는데도, 내가 안다는 사실을 제대로 알지도 못했지만 그래도 알았다. 이렇게 너무 오랫동안 두려워해 온 일이 막상 닥치면 감정의 쓰나미 가운데에 씁쓸하고 참을 수 없는 안도감이 있다. 이 안도감은 공격의 형태를 띠고 이상하게 호전적인 생각과 함께 나타난다. 적들은 조심할지어다. 최악의 사태가 일어났다. 아버지가 세상을 떠났으니 이제 내 광기가 모습을 드러낼 것이다.

9

내 삶은 얼마나 빨리 전혀 다른 삶이 되어
버렸는가. 이 얼마나 무자비한 변화인가. 그런
데 내가 거기에 적응하는 속도는 또 얼마나 느
린가. 오케이 오빠가 한 노부인이 울면서 우리
집 현관문으로 걸어 들어오는 영상을 보내자 나
는 생각한다. 아빠한테 누구냐고 여쭤봐야겠다. 그
짧은 순간 동안, 사십이 년간의 내 생애에서 참
이었던 명제는 여전히 참이다. 아버지는 실재하
고 들숨 날숨을 쉰다. 나는 아버지에게 말을 걸
수도 있고 안경 너머로 반짝이는 아버지의 눈

을 들여다볼 수도 있다. 그러나 다음 순간 끔찍한 휘청임과 함께 기억이 떠오른다. 그 짧은 잊음은 배신인 동시에 축복처럼 느껴진다. 내가 그곳에 있지 않기 때문에 잊는 걸까? 그런 것 같다. 오빠와 언니는 그곳에 있다. 아버지가 없는 집의 황량함과 마주한 채. 아버지 침대 옆에 무릎 꿇은 언니도, 뉴스보이 캡을 쓴 오빠도 울고 있다. 그들은 아버지가 아침 식탁에 없다는 것, 빛이 들어오는 창문을 등진 자기 자리에 앉아 있지 않다는 것, 아침 식사 후에 평소 일과대로 소파에서 졸다가 책 읽다가 다시 졸기를 반복하고 있지 않다는 것을 볼 수 있다. 나도 그곳에 있을 수만 있다면 좋겠지만 나는 미국에 발이 묶인 채, 짜증이 물집처럼 터지기 직전인 상태로, 나이지리아 공항이 언제 다시 문을 여는지에 관한 뉴스를 샅샅이 뒤진다. 사실은 나이지리아 관계 당국도 잘 모르는 것 같다. 보도에 따르면 7월이랬다가 8월이랬다가 그다음에는 10월이

될지도 모른다는 얘기가 들리더니만 항공부 장
관이 트위터에 "어쩌면 10월 전"이라고 올린다.
될 수도 있고, 안 될 수도 있고. 마치 고양이와
요요 놀이를 하는 것처럼. 다만 여기에 놀아나
는 것은 사랑하는 이를 편히 묻어 줄 수 없어 이
러지도 저러지도 못하는 사람들이라는 점이 다
를 뿐이다.

10

나는 조의를 표하는 사람들을 피해 다닌다. 친절한 사람들이 좋은 뜻으로 하는 말이지만 그 사실을 안다고 해서 상처를 덜 받지는 않는다. 나이지리아 사람들이 가장 선호하는 단어인 "사망"은 어둡고 뒤틀린 생각을 불러일으킨다. "아버님의 사망에 대하여." 나는 "사망"을 혐오한다. "쉬고 계시다."는 위안이 되는 게 아니라 코웃음으로 시작해 결국 고통으로 끝난다. 아버지는 아바 집의 본인 방에서도 아주 잘 쉬고 있을 수 있었다. 선풍기에서는 미지근한 바람이 불어 나오고 침대 위는 접힌 신문, 스도쿠책, 오래된 장례식 차례표, 성 물룸바 기사단 달력, 약병이 가득 든 가방, 당뇨 환자라서 자신이 먹은 모든 음식을 기록한, 세심하게 줄을 그은 공책으로 어질러진 방에서 말이다. "더 좋은 곳으로 가셨다."는 황당할 정도로 주제넘고 좀 부적절하다. 당신이 어떻게 아느냐. 그 말이 사실이라면 그 정보는 유족인 내가 더 먼저 알아야 하는 것 아닌가? 내가 정말 이런 얘기를 당신한테서 들어야 하나? "여든여덟이셨다."는 짜증 난다. 유족의 슬픔과 고인의 나이는 상관이 없기 때문이다. 중요한 것은 아버지가 몇 살이었느냐가 아니라 얼마나 사랑받았느냐다. 그래, 아버지는 여든여덟이었지만 이제 내 인생에는 천재지변 같은 구멍이 생겼다. 내 일부가 영원히 뜯겨 나간 것이다. "이미 일어난 일은 어쩔 수 없으니 아버님의 삶을 찬미하자." 오랜 친구가 보낸 이 문자에 나는 불같이 화가 났다. 죽음의 영속성에 대해 설교하기가 얼마나 쉬운가. 사실은 죽음의 영속성이야말로 지금 이 괴로움의 원인인데 말이다. 나는 내가 과거에 가족을 여읜 친구들에게 했던 말을 떠올릴 때마다 움찔움찔 놀란다. "추억에서 평안을 찾길."이라고 나는 말하곤 했다. 사랑하는 사람을, 심지어 갑작스럽게 빼앗겼는데 추억에 의지하라는 말을 듣는 것이란. 내 기억은 구원보다는 "이게 네가 다시는 가질 수 없는 거야."라고 말하듯 능수능란하게 찔러 대는 고통을 안겨 준다. 때로는 웃음을 가져다주기도 하지만 그 웃음은 불붙은 석탄처럼 곧 고통으로 환하게 타오른다. 나는 이것이 시간문제이길 바란다. 단지 너무 이르기 때문에, 끔찍할 정도로 이르기 때문에 추억이 위안과 고통을 함께 주는 것이길 바란다.

　　일부러 상처를 쑤시는 것처럼 느껴지지 않는 말은 간단한 "유감입니다."이다. 그 진부함 안에는 지레짐작이 없기 때문이다. 이보어로 은도는 더 위안이 된다. 그것은 형이상학적 무게가 실린 "유감"으로, 단순한 "유감"보다 더 넓은 의미의 단어다. 아버지를 아는 사람들의 구체적이고 진실된 기억이 가장 위안이 된다. "정직한", "차분한", "친절한", "강인한", "조용한", "소박한", "평화로운", "진실한" 같은 단어들이 반복해서 언급된다는 사실이 내 마음을 따뜻하게 한다. 어머니의 말에 따르면 아요구가 전화해서 "자신을 한 번도 곤란하게 하지 않은" 상사는 아버지뿐이었다고 말했다고 한다. 나는 키가 크고 고상한 몸가짐의 소유자였던 아요구를 기억한다. 그는 1980년대에 아버지가 나이지리아 대학교 부총장 대리였을 때 아버지의 운전기사였다. 그 사람이 아요구였나 아니면 매력적인 선동가 케빈이었나? 내가 일곱 살배기다운 오만함으로 내 기사가 나를 학교까지 태워다 줘야 한다고 주장했을 때 아버지가 차분하게 "그는 내 기사지 네 기사가 아니란다."라고 말했던 사람이.

11

슬픔은 반투명하지 않다. 그것은 견고하고 강압적이고 불투명하다. 그 무게는 아침에, 잠에서 깬 후에 가장 무겁다. 납덩이 같은 심장은 꼼짝하길 거부하는 고집스러운 현실이다. 나는 아버지를 다시는 보지 못할 것이다. 다시는. 마치 내가 가라앉고 또 가라앉기 위해 깨어나는 것처럼 느껴진다. 그런 순간에는 다시는 세상을 마주하고 싶지 않다고 확신한다. 몇 해 전 누가 죽고 나서 한 친척이 단호하게 "과부를 혼자 두면 안 돼."라고 말했을 때 나는 생각했다. 하지만 그녀가 혼자 있고 싶다면? 슬픔에 대처하는 이 보족의 방식, 아프리카의 방식 — 최대한 겉으로 표현하는 연극적인 애도 — 에는 효용성이 있다. 그에 따르면 유족은 모든 전화를 다 받아야 하고, 무슨 일이 있었는지 말하고 또 말해야 한다. 혼자 있는 것은 금지고 "그만 울어."는 반복되는 후렴구다. 하지만 나는 준비가 안 됐다. 나는 직계 가족하고만 이야기한다. 나의 움츠림은 본능적이다. 친척들이 내가 전화도 받지 않고 문자도 읽지 않는다는 사실을 알았을 때 당황하거나 비난하는 것을 상상한다. 그들은 그것을 황당한 방종 내지는 유명인 행세 또는 둘 다라고 생각할지도 모른다. 사실 처음에는 더 이상의 고통을 피하기 위한 자기 보호였다. 안 그래도 너무 많이 울어서 기운이 하나도 없는데 또 얘기를 하면 당연히 울게 될 것이기 때문이다. 하지만 나중에는 슬픔과 단둘이 있고 싶어서였다. 나는 이 낯선 감각, 이 알 수 없는 오르

내림의 연속을 보호하고 — 숨기고? 그것으로
부터 숨고? — 싶다. 이 무거운 짐을 필사적으
로 떨쳐 내고 싶은 마음과 그것을 애지중지하
고 싶은, 꼭 끌어안고 싶은 마음이 엎치락뒤치
락한다. 자신의 고통에 소유욕을 느끼는 게 가
능한가? 슬픔이 나를 알고, 나도 슬픔을 알길 바
란다. 나와 아버지의 관계가 너무 소중해서 내
고통을, 내가 그것의 윤곽을 파악할 때까지, 남
들 앞에 드러낼 수가 없다. 하루는 욕실에 완전
히 혼자 있다가 내가 좋아하는 별명 —"별난 아
빠"— 으로 아버지를 부르자 짧은 평화가 나를
감싼다. 너무 짧다. 나는 감상에 빠지는 것을 경
계하는 사람이지만 이 순간이 아버지로 가득하
다는 것은 확신한다. 만약 이것이 환각이라면
더 많이 원한다. 하지만 그 일은 다시는 일어나
지 않았다.

12

내 딸이 "할아버지 할머니 방"이라고 부르는 손님방 옷장에는 부모님의 겨울옷이 걸려 있다. 나는 아버지의 폭신폭신한 올리브색 재킷을 어루만진다. 서랍 안에는 아버지의 메릴랜드주 지도가 있다. 코네티컷주에 사는 언니네 집 서랍에 뉴잉글랜드[3] 지도가 있는 것처럼. 아버지 어머니는 매년 몇 달씩 미국에 머물렀는데 그동안 아버지는 자기가 좋아하는 지도를 연구

3   메인, 뉴햄프셔, 버몬트, 매사추세츠, 로드아일랜드, 코네티컷 이렇게 여섯 주를 가리키는 말.

하고 — 카운티의 경계, 무엇이 무엇의 북쪽과 남쪽에 있는지 — 우리가 지나간 모든 경로를, 브런치 먹으러 다녀온 길까지 다 지도에서 찾곤 했다. 아버지가 마지막으로 미국에 왔을 때의 몇 장면. 아버지가 우리 집 진입로를 왔다 갔다 한다. 매일 아침 하는 운동인데 예전처럼 빨리 걷지는 못한다.(아버지의 조깅 겸 산책은 여든네 살 무렵부터 확연히 느려졌다.) 아버지가 돌 세기를 하기로 결심한 뒤부터 현관문 옆에서 돌탑이 발견된다. 아버지가 팬트리에서 쿠키를 꺼내 먹는데 자신이 지나간 자리를 따라 부스러기가 떨어져 있다는 사실은 모른다. 아버지가 텔레비전 바로 앞에 서서 — 그것은 "너희 모두 조용히 해."라는 신호다. — 자신이 "똑똑하다"고 인정한 앵커 레이철 매도를 보면서 미국이 처한 총체적 난국에 고개를 내젓는다.

13

나는 아버지가 나이지리아 대학교 명예 교수로 임명되기 삼 년 전인 2013년에 앨릭스 아니말루 명예 교수, 피터 I. 우체 교수, 제프 우나에그부 교수가 출간한 『나이지리아 최고의 통계학 교수 제임스 느워예 아디치에 전기』를 다시 읽는다. 인쇄도 고르지 않고 페이지는 약간 삐뚜름하지만 저자들에게 고맙고 행복한 마음이 밀려든다. 이 책에 적힌 어머니의 말 ─ "아이들과 나는 남편을 사랑한다." ─ 은 왜 이토록 나에게 위안이 되는가? 왜 마음을 진정시키면서도 예

언적으로 느껴질까? 이 말이 인쇄물로 공표되어 영원히 존재한다는 사실이 기쁘다. 나는 대학교에 진학하려고 처음 미국에 왔을 때 아버지가 나이지리아에서 보낸 옛 편지들을 찾으려고 서재를 뒤진다. 마침내 발견해서 아버지의 손 글씨를 보니 크나큰 슬픔이 느껴진다. 그 손 글씨, 아프리카 식민지 시대 교육의 산물인 그 구불구불한 서체는 아버지가 어떤 사람인지를 말해 준다. 신중하고 단정하며 라틴어를 좋아하고 규칙을 준수하는 사람. 아버지는 나를 은넴 오치에, 내 할머니라고 불렀고 늘 "아버지가."와 자신의 서명으로 편지를 끝맺었다. 심지어 우리 생일 카드에도 꼭 서명을 해서 우리 남매를 웃겼다. "아빠, 이건 학교 서류가 아니에요."라고 우리는 말하곤 했다. "서명하실 필요가 없다고요." 아버지가 나를 위해 고조할아버지까지 거슬러 올라가는 가계도를 그려 준 종잇조각을 사방에서 찾아 헤매지만 찾지 못한다. 그것을 못 찾았다는 사실

때문에 며칠째 괴로워서 상자와 파일을 열어젖
히고 종이를 옆으로 던진다.

나는 옛날 사진을 보다가 때때로 온몸을 들
썩이며 흐느낀다. 사진 속 아버지는 뻣뻣해 보
일 때가 많다. 아버지가 자랄 때는 사진을 찍는
것이 드물고 특별한 일이라 옷을 잘 차려입고
사진사의 삼각대 앞에 불편하게 앉아서 찍곤 했
기 때문이다. "아빠, 긴장 푸세요. 아빠, 웃어요."
나는 가끔 아버지의 목덜미 꼬집기를 시도하기
도 했다. 사진 찍을 때의 일이 기억나는 사진이
한 장 있다. 내가 어린 시절을 보낸, 나이지리아
대학교 은수카 캠퍼스 사택의 지저분한 식탁에
서 아버지가 어머니 옆자리인 자기 자리에 앉아
있는 사진이다. 우리의 머리 문지르기 의식은
거기서 시작됐다. 내가 중등학교에 다닐 때 아
버지의 뒤통수가 벗어지기 시작했는데 내가 식
탁에 앉은 아버지 등 뒤로 다가가서 벗어진 곳
을 문지르면 아버지는 무슨 얘기를 하고 있었

든, 하던 말을 멈추지도 않은 채로 내 손을 살짝 쳐 내곤 했던 것이다.

　나는 컴퓨터에 저장된 동영상을 틀어 본다. 그중에는 내가 찍은 것도 있는데도 기억이 안 나서 전부 처음 보는 영상처럼 느껴진다. 우리가 내 라고스 집에서 아침 식사를 하고 있는데 내가 나이지리아 기자인 척하면서 아버지한테 어머니와 연애하던 시절 얘기 좀 해 달라고 하자 아버지가 엷은 미소를 띤 채 내 말을 무시한다. 그다음에는 우리가 아바 집에 있는데 세 살 먹은 내 딸이 아침밥을 건너뛰고 놀고 싶어서 울고 있다. 그러자 아버지가 손녀를 안아 올리면서 보모한테, 애가 그냥 놀게 식사를 치우라고 말한다.

14

내 서재에서 아버지의 낡은 스도쿠책들을, 아버지가 반듯하고 자신 있게 숫자를 적어 넣은 네모 칸들을 발견하고는 몇 년 전 메릴랜드의 한 서점에 이 책들을 사러 같이 갔을 때를 떠올린다. 아버지는 "아주 좋으니까" 나에게도 해 보라고 한 권을 사 줬지만 나는 첫 번째 문제를 풀기 시작하자마자 학창 시절의 수학 혐오가 되살아났다. 내가 GCE[4]를 치르기 전에 아버지가 공

---

4   영국의 교육 자격 검정 시험.

부를 봐줬던 것이 기억났다. 내가 긴 방정식 하나를 풀다 막히자 아버지는 이렇게 말했다. "그래, 거의 다 왔어. 너 자신을 의심하지 마. 멈추면 안 된다." 그래서 내가 뭐든 '하면 된다'고 믿게 된 걸까? 물론 도식적인 인과 관계를 만들긴 쉽다. 지금의 나를 만든 것은 아버지라는 사람 전체인 동시에 이런 작은 사건 하나하나이기도 하다.

중등학교 때 나는 친구들과 함께 갓 부임한, 숫기 없는 수학 선생님에게 질문하러 간 적이 있었다. 그는 골치 아픈 문제를 흘끗 보더니 다급하게 네 자리 구구표를 가지러 가야 한다고 말했다. 그 문제를 푸는 데 네 자리 구구표는 필요 없었는데 말이다. 우리는 십 대다운 사악함으로 깔깔대고 비웃으면서 교무실을 나왔다. 나는 아버지도 웃을 거라는 생각에 이 이야기를 들려줬다. 그러나 아버지는 웃지 않았다. "그 사람은 좋은 선생이 아니구나. 문제를 못 풀어서

가 아니라 자기가 모른다는 걸 인정하지 않았기 때문이야." 그래서 내가 모를 때 모른다고 당당히 말할 수 있는 사람이 된 걸까? 아버지는 내게 배움에는 끝이 없다고 했다. 아버지는 같은 세대의 많은 이보족 부모들처럼 자신에게 자식의 시간과 돈과 노력의 소유권이 있다고 생각하지 않았다. 설사 그랬어도 우리는 용서했을 것 같긴 하지만. 어쨌든 아버지가 그렇게 우리를 존중해 주고 작은 것에도 감사했다는 사실은 화룡점정과도 같았다.

나는 아버지의 칭호[5]인 "오델루오라 아바"를 자주 부르곤 했는데 이를 사전적으로 번역하면 "우리 지역 사회를 위해 글 쓰는 자"이다. 아버지는 사랑이 가득 담긴 장황한 단언으로 나를 위한 호칭을 직접 만들어 불렀다. 가장 많이 썼던 것은 "오메 이페 우쿠", 즉 "위대한 일을 하는

5   지역 사회에서 존경받을 만한 인물에게 부여하는 호칭.

자"였다. 나머지는 번역하기가 어렵다. "느워케넬리"는 대강 "혼자서도 여러 남자와 대등한 자"라는 뜻이고 "오그바타 오구 에비에"는 "도착하는 것만으로 분쟁을 끝내는 자"이다. 내가 남자들의 반감을 한 번도 두려워해 본 적이 없는 이유가 아버지 때문인가? 그런 것 같다.

15

아무도 아버지가 은퇴 후에, 어머니가 그렇게 짜증을 낼 정도로 스도쿠에 빠지리라고는 예상하지 못했다.

"밥을 안 먹어."라고 어머니는 말하곤 했다. "스도쿠 놀이 하느라 바빠서."

"스도쿠는 놀이가 아니야." 아버지가 차분히 대꾸했다. "류도⁶랑은 다르다고."

그러면 내가 이렇게 농담을 던졌다. "1963년

---

6   주사위를 던져서 말을 이동하는 보드게임.

부터 말씨름 중인 제임스와 그레이스입니다."

6월 10일 밤에 오케이 오빠가 안방에 들어가서 불을 켜고 어머니에게 소식을 전했을 때 어머니의 첫마디는 "어찌 그래?"였다. 그것은 "그럴 리가. 말도 안 돼. 그럴 순 없어."의 나이지리아식 표현이다. 그리고 거기에 어머니가 덧붙인 말을 나중에 줌 회의에서 전해 들었을 때 우리는 가슴이 찌르는 듯 아팠다. "하지만 아버지는 나한테 아무 말 없었단 말이야." 아버지라면 어머니에게 말했을 테니까. 부모님은 그런 사이였다. 만약에 아버지가 우리를 영원히 떠날 것이었다면 어머니에게 말했을 것이다. 따라서 아버지가 어머니에게 아무 말 안 했다면 사실일 리 없었다. 어머니는 몇 시간 전까지 병원에 있다가 집에서 잠깐 눈을 붙이고 다시 병원으로 가서 신장 전문의를 만나러 오닛샤에 같이 갈 예정이었다. "아버지 추울까 봐 스웨터도 벌써 꺼내 놨는데." 어머니가 말했다.

부모님의 연애 이야기는 대단히 매력적이다. 그것은 1960년에 두 사람 다 없었던 농장에서 시작되었다. 먼저 아버지 쪽 친척이 이번에 대학에서 막 강의하기 시작한 총명한 청년이 교육받은 아내를 찾고 있다며 거들먹거렸다. 그러자 이번에는 어머니 쪽 친척이 우리 집안 아가씨는 교육도 잘 받은 데다 백로처럼 하얀 미인이라고 말했다. 백로 같은 미인! 오 나에누 카 우그바나! 이것도 우리 집 단골 농담이다.

"아빠, 그래서 아빠는 얘기만 들은 여자를 '보러' 알지도 못하는 도시로 벌떡 일어나서 가신 거예요?" 나는 자주 아버지를 놀렸다. 하지만 실제로 일어난 일이 그랬다. 어머니는 아버지의 조용한 성격을 좋아했다. 처음에 외가에서 아버지가 어머니의 다른 구혼자들만큼 화려하지도 부유하지도 않다고 반대했을 때 어머니는 다른 사람하고는 결혼하지 않겠다고 말했다. 나는 아버지를 배수, 배우자의 수호자라고 불렀다. 아버지는 언제나 정말 잽싸게 어머니 편을 들곤 했기 때문이다. 어머니가 부교무처장이었을 때 — 어머니는 훗날 나이지리아 대학교 최초의 여자 교무처장이 되었다. — 하루는 아버지가 몹시 신나서 집에 왔다. 아버지는 어머니가 학교 평의원회에서 한 연설이 자랑스러워서 넥타이를 푸는 동안에도 껄껄 웃었다. "엄마는 정말 끝내줬단다."라고 아버지는 남자 형제들과 내게 말했다.

16

오케이 오빠가 그날 밤에 아버지 손목시계를 주머니에 슬쩍해서 가져왔다며 사진을 보낸다. 케네가 몇 년 전 선물한, 문자반이 파란색인 은시계다. 우리는 아버지가 그것을 곧바로차기 시작했다는 사실이 흥미로웠다. 아버지는 1970년에 산 셔츠나 1985년에 산 구두가 아직도 멀쩡하다며 우리가 선물한 것들을 한 번도쓰지 않는 경우가 많았기 때문이다. 나는 순례하듯 매일 그 사진을 들여다본다. 그 시계가 아버지 손목에 채워져 있던 것, 아버지가 자주 그

시계를 보던 것이 기억난다. 손목시계를 향해 고개를 기울이고 시간을 확인하는 모습은 전형적인 아버지의 이미지다. 시간 준수에 대단히 엄격한 사람. 시간을 지키는 것은 아버지에겐 거의 도덕적 당위에 가까웠다.

어린 시절 아버지는 일요일 아침마다 다른 식구들보다 한 시간 먼저 성당에 갈 준비를 마치고는 우리를 채근하느라 아래층을 왔다 갔다 했다. 그 시절에는 아버지가 멀게 느껴졌다. 어머니가 다정하고 다가가기 쉬운 쪽이었고 아버지는 서재에서 통계를 작성하며 혼잣말하는 사람이었다. 나는 막연하게 아버지를 자랑스러워했다. 당시에는 아버지가 나이지리아 최초의 통계학 교수라는 사실을 몰랐을 수도 있지만 친구 아빠들보다 훨씬 일찍 정교수가 됐다는 건 알았다. 우리 학교에 나를 느와 프로페서, 교수 집 애라고 부르는 아이가 있었기 때문이다. 나중에 십 대가 되었을 때 나는 아버지를 제대로 보기 시작했다. 호기심 많은 집돌이, 집순이라는 점에서 우리가 얼마나 닮았는지 알게 되면서 아버지랑 대화도 많이 하고 아버지를 사랑하게 되었다. 아버지가 얼마나 상대방에게 집중하고, 얼마나 성의 있고, 얼마나 남의 말에 귀 기울이는 사람이었는지. 아버지는 한번 들은 이야기는 전부 기억했다. 그리고 원래부터 건조했던 유머 감각은 나이가 들면서 더욱 맛깔스럽게 바삭바삭해졌다.

17

　　내 절친 우주의 말에 따르면 나의 2018년 하버드 대학교 졸업식 연설이 끝났을 때 우리 아버지가, 조용히 하려는 사람치고는 큰 목소리로 그녀에게 이렇게 말했다고 한다. "봐라, 사람들이 치마만다에게 기립 박수를 치고 있어." 이 얘기를 들으니 눈물이 난다. 슬픔의 횡포 가운데 하나는 중요한 것을 기억하지 못하게 만든다는 점이다. 다른 어느 누구보다도 아버지가 나를 자랑스러워한다는 사실은 중요했다. 아버지는 내가 쓴 모든 글을 읽었는데 아버지의 평가는 "이건 전혀 말이 안 돼."에서부터 "네가 스스로를 능가했구나."까지 다양했다. 내가 강연 여행을 떠날 때마다 아버지에게 일정표를 보내면 아버지는 내 일정에 맞춰 문자를 보내곤 했다. "이제 무대에 올라갈 시간이겠구나."라고 아버지는 썼다. "가서 멋지게 잘하고 와라. 오메 이페우쿠!" 한번은 내가 덴마크에 간다고 했더니 아버지가 안전하게 잘 다녀오라고 하고 나서는 농담이 아닌 양 진지하게 덧붙였다. "덴마크에 도착하면 햄릿의 집을 찾아보렴."

18

"너는 그냥 네 아버지랑 결혼해야 돼!" 사촌 오게는 짐짓 화내는 척하면서 자주 이렇게 말하곤 했다. 내가 세상에서 제일 좋아하는 일 중 하나가 아버지와 함께 시간을 보내는 것이었기 때문일 것이다. '아버지랑 같이 앉아서 옛날 이야기 하기'는 처음부터 줄곧 내 것이었던 멋진 보물을 되찾는 것과 같았다. 아버지는 우리 집 가계도를, 아주 자세한 이야기를 곁들여 가며 설명해 줬다. 나는 전형적인 '아빠의 귀염둥이'답게 아버지를 사랑했을 뿐 아니라 아버지를 아주 많이 좋아했다. 나는 아버지를 좋아한다. 아버지의 품위와 지혜와 검소, 그리고 쉽게 흔들리지 않는 점을 좋아했다. 아버지의 빛나면서도 온건한, 강하면서도 무겁지 않은 신앙을 좋아했다. 아버지가 혹시 집이 아닌 곳에서 주말을 보내야 할 때는 가장 가까운 성당을 찾아야 했다. 내가 메릴랜드에 처음 이사 왔을 때 컬럼비아의 초(超)종교 센터 안에 있는 '사도 요한'을 ― 성가대에서 기타를 치고 아버지에게 익숙한, 스테인드글라스가 있는 성당과는 전혀 다른 ― 아버지가 좋아하지 않을까 봐 걱정했지만 아버지는 신부님이 "아주 좋다"고 선언하고는 일요일마다 기꺼이 갔다. 나는 아버지가 권력에 대해 '그게 뭐?'라고 반응하는 점도 좋았다. 아버지는 진정성을 숭배했고 과장된 화려함에는 무관심했다. 심지어 불신했을지도 모른다.

"저는 차가 여덟 대 있습니다."라고 언니의 부유한 구혼자가 으스댔을 때 아버지의 대답은

"왜?"였다.

아버지가 물욕이 없는 사람이었다는 점은 아버지가 나이지리아에 사는 나이지리아인이 아니었다면 별로 특별하지 않았을 것이다. 나이지리아 국민은 철저하게 탐욕스러운 기질을 가지고 있고 밑바닥부터 꼭대기까지 욕심에 끝이 없기 때문이다. 우리는 정도만 다를 뿐 모두 타락했지만 아버지만은 전혀 영향을 받지 않았다. 나는 아버지의 사명감을 좋아했다. 아버지의 너그러운 성품에는 특별한 무언가가, 유연성이 있었다. 아버지는 나쁜 소식을 들어도 당황하지 않았다. 협상하고, 타협하고, 결정을 내리고, 규칙을 정하고, 친척들을 하나로 규합했다. 그것은 대부분 이보족 가정의 장남으로 태어나 거기에 따른 기대와 시혜라는 복잡다단한 장애물을 잘 극복한 결과였다. 좋은 남자, 좋은 아버지. 이 간단한 설명도 아버지를 가리키는 말이라면 그 의미가 풍부해졌다. 나는 아버지를 "신사적인 사람이자 신사"라고 부르길 좋아했다.

　나는 아버지가 정석과 원칙을 중시하는 점
도 좋아했다. 아버지가 얼마나 꼼꼼하게 기록하
는 사람이었는가는 아버지의 캐비닛 안에 정렬
된 파일을 보면 알 수 있었다. 자식별로 초등학
교, 중등학교, 대학교 성적표를 모아 둔 파일이
있었고 우리 집에 살았던 모든 고용인에게도 각
각 파일이 있었다. 한번은 미국 뉴스를 보던 중
에 아버지가 나를 돌아보며 물었다. "뉴크가 무
슨 뜻이냐?" 내가 핵무기라고 답하자 아버지는
이렇게 말했다. "핵무기처럼 심각한 것에 별명
을 붙이다니."

　"당신이 장인어른이랑 있을 때만 내는 웃
음소리가 있어." 남편이 내게 말한다. "장인어른
이 웃긴 얘기를 하시지 않았을 때도 당신은 이
렇게 웃어." 나는 남편이 흉내 내는, 높은 톤으로
키득거리는 웃음소리를 듣고 수긍한다. 아버지
가 하는 말이 중요한 게 아니라 아버지와 같이

있다는 사실이 중요했다는 것은 이미 알고 있
다. 내가 다시는 내지 않을 웃음소리. "다시는"
은 이제 영원히 머물 것이다. "다시는"은 부당할
정도로 가혹하다. 남은 평생 동안 나는 더 이상
존재하지 않는 것을 향해 두 손을 뻗은 채로 살
아갈 것이다.

19

　작년 크리스마스 때 이제오마 언니의 시골
집에서 열린 집들이에서 가장이자 관심의 중심
이었던 아버지는 거실 한가운데에 앉아서 콜라
열매를 축복하고 샴페인을 (거의 마시진 않았지
만) 홀짝이며 사람들에게 이야기를 들려주고 있
었다. 친척들은 도착하자마자 곧바로 아버지에
게 가서 경의를 표했다. 아버지는 그날 오후에
와츠앱으로 메시지를 받았으면서도 아무 말 않
고 있다가 밤이 돼서 집에 도착하자 내게 휴대
폰을 건네주며 말했다. "읽어 봐라. 그자가 정말

로 돌아 버린 것 같구나."

"그자"란 우리 선향 아바의 소유인 광대한 땅을 빼앗으려고 작정한 억만장자를 뜻했다. 땅은 이보족 우주론의 핵심이며 땅의 소유자가 누구인지는 대대로 전해 내려오는 이야기 — 이를테면 누구의 할아버지의 할아버지가 그 땅을 경작했는가, 어느 씨족이 토박이이고 어느 씨족이 이주민인가와 같은 — 로 결정되는 경우가 많다. 땅은 너무나 많은 분쟁의 원인이기도 하다. 나는 차 한 대 주차할 수도 없는 작은 땅을 놓고 싸우다가 풍비박산한 집안도 여럿 안다. 지금 문제가 되는 땅은 수십 년 동안 아바 사람들이 일궈 온 곳인데 비아프라 전쟁[7]이 끝났을 때, 모든 이보족이 아직 혼란에 빠져 있을 때, 구질서가 사라지고 신질서가 들어서기 전에, 옆마을이 갑자기 자기네 땅이라고 주장하기 시작

7　1967~1970년에 이보족이 나이지리아로부터 분리 독립을 선언했다가 결국 연방군에 의해 진압된 사건.

했다. 아바는 이 사건을 법정으로 가져갔지만 벌써 몇 년째 계류 중이다. 많은 아바 사람들은 억만장자가 아바 주민들에게 겁을 줘서 땅의 소유권을 포기하게 만들기 위해 경찰을 시켜서 주민들을 자의적으로 체포하거나 구금하게 만들었다고 믿었다. 불도저가 시장을 밀어 없앴고 담장들이 무너졌다.(억만장자의 형제는《가디언》과의 인터뷰에서 이런 혐의들을 부인했다.) 아바 주민 가운데 억만장자가 가진 부와 정치적 인맥 근처에라도 가 본 적 있는 사람은 아무도 없었지만 이켐바 은지코카라는 직설적인 사업가가 아바의 소송 비용을 대고 억만장자의 행실을 공공연히 이야기하고 다녔다. 그 역시 협박을 받았다. 아버지의 휴대폰에 도착한 와츠앱 메시지는 이켐바 은지코카가 자신이 받은 메시지를 전달한 것으로, 이번 주말에 마을 공회당에서 "당신"이 체포될 거라는 내용이었다.

그런데 와츠앱에 익숙하지 않은 아버지가

그것이 전달된 메시지인 줄 모르고 자신이 불법 체포 될 거라고 생각한 것이다. 아버지는 이것 때문에 그날 온종일 무거운 마음으로 입을 다물고 있었다.

"아빠, 진작 말씀하시지 그랬어요." 내가 말했다.

"이제 오마의 집들이를 망치고 싶지 않았다." 아버지가 말했다.

오일 머니에 취해 양심을 상실한, 치졸하기 그지없는 자칭 자선가의 행동이 아버지 생애의 마지막 몇 달을 망쳤다는 사실에 나는 화가 난다. 내가 부모님의 안전을 그토록 걱정해야만 했다는 사실에 — 특히 억만장자가 아바를 비방하는 뻔뻔한 캠페인을 시작한 2019년 말에 — 나는 화가 난다. "이건 잘못된 일이야." 부유한 나이지리아 남자가 이렇게 행동하는 것이 상상도 못할 일인 양, 아버지는 자주 치를 떨며 말하곤 했다. 나이지리아에서는 너무 흔한 일이

라 일상이 되어 버린 시험 부정 사건을 들을 때
마다 아버지가 매번 뜨악해했던 것처럼. 아버지
의 순진은 정의로운 사람들 특유의 순수였다.
미국과 영국에 사는 남자 형제들과 내가 아버
지의 여든 번째 생일에 예고 없이 부모님의 은
수카 아파트에 나타나서 아버지를 놀라게 했더
니 아버지는 어머니가 자신에게 "거짓말"을 했
다는 사실에 당혹해서 계속 어머니를 쳐다봤다.
"당신이 친구 몇 명 온다고 했잖아. 애들이 온다
는 말은 없었잖아."

　"그래요, 아빠. 엄마는 말할 수 없었어요.
깜짝 파티라는 게 그런 거거든요."

20

"할아버지 돌아가셔서 엄마가 슬퍼." 네 살배기 딸이 자기 사촌에게 말한다. "돌아가시다." 그 애는 "돌아가시다"라는 단어를 안다. 딸이 티슈를 뽑아서 나에게 건넨다. 다른 사람의 감정을 금방 알아차리는 그 애의 기민함에 나는 감동하고 놀라고 감명받는다. 며칠 뒤 아이가 묻는다. "할아버지 언제 다시 깨어나?"

나는 울고 또 울면서, 그 애가 세상을 이해하는 방식이 참이었으면 좋겠다고 생각한다. 그 슬픔은 순전히 아버지가 돌아올 수 없다는 사실

때문만은 아니었다.

　어느 날 아침 내가 휴대폰에 있는 아버지 영상을 보고 있는데 딸이 화면을 흘끗 보더니 재빨리 제 손으로 내 눈을 가린다. "엄마가 할아버지 보는 거 싫어. 엄마 우는 거 싫어."라고 아이가 말한다. 그 애는 적어도 내 눈물에 대해서는 매의 눈을 가졌다.

　"너는 할아버지가 너를 뭐라고 부르셨는지 영원히 안 잊어버릴 거지?" 내가 딸에게 묻는다.

　"응, 엄마. 에지그보 느와." 그 애가 대답한다. 착한 아이. 직역이라 더 부적절하게 느껴진다.

　나는 딸에게 할아버지가 여덟째 손주인 그 애를 얼마나 예뻐했는지 말해 줄 것이다. 우리가 그 애를 영어와 이보어의 이중 언어자로 키우고 있다는 사실을 아버지가 얼마나 기뻐했는지도 말해 줄 것이다. 남편과 내가, 우리가 너를 화나게 하면 할아버지가 엄마 아빠를 혼내 줄 거라고 농담했던 것도 말해 줄 것이다. 딸이 갓

난아기였을 때의 한 장면. 아버지가 허겁지겁 위층으로 올라오고 있고, 아래층에 어머니와 함께 있는 딸은 울부짖고 있다. 아버지는 쪽쪽이를 가지러 올라왔는데 쪽쪽이라는 단어가 생각이 안 나자 급박하게 자기 입을 가리키면서 나에게 외친다. "입 마개!" 몇 달 후 딸의 배변 훈련이 드디어 소변이라는 고지를 넘어서 이제는 유아 변기에서 오줌 누기 말고 다른 것도 해 보라고 달래는 중이었다. 어느 날 몰입한 관중이 그 애를 지켜보고 있는데 아버지가 어슬렁어슬렁 들어와 조용히 묻는다. "이렇게 많은 사람이 쳐다보는데 너희 같으면 나오겠니?"

21

이보족 문화의 규율. 고통에서 계획으로의
즉각적 전환. 며칠 전만 해도 아버지와 줌 회의
를 했는데 지금 이 줌 회의에서는 계획을 짜야
한다. 계획을 짠다는 것은 성당과 전통 집단들
의 비위를 맞춰 주고 장례 날짜를 받는 것을 말
한다. 장례일은 햇마 축제를 비롯한 어떤 지역
행사와도 겹쳐서는 안 되며 반드시 금요일이어
야만 한다. 교구 신부가 노인의 장례 미사는 금
요일에만 주례해 주기 때문이다. 하지만 가장
중요한 것은 "승인"이다.(나이지리아에서는 이

"승인"이라는 영어 단어가 남용된다.) 승인은 이 보족 문화가 아직도 얼마나 뿌리 깊이 공산주의적인지를 증명한다. 승인이란 동년배 모임, 마을 조합, 촌락, 씨족, 우문나에 상당액을 지불해야 함을 뜻한다. 그러지 않으면 장례식은 거부될 것이다. 장례식 중지는 강력한 위협이다. 대부분의 이보족에게, 적어도 아버지 세대 사람들에게는, 제대로 된 장례식을 치르지 못한다는 것은 실존적 공포에 가깝다. 마을 단체들 — 이것이 그들의 하찮은 권력을 휘두를 수 있는 유일한 기회이기 때문에 돈을 요구하는 — 의 농간에 분노한 유족들의 일화는 아주 흔하다. 아버지는 이런 규율을 잘 지켰으므로 오케이 오빠가 모든 단체로부터 영수증을 받기 위해 동분서주한다. 각 단체 — 동년배 모임, 마을 여자들의 전통 모임인 우무아다, 가톨릭 단체들, 치프[8] 평

8   칭호를 가진 사람.

의회, 마을을 지키는 자경단 회원들 — 가 우리에게 요구하는 것을 적은 기나긴 목록이 있다. 밥은 아이스박스로 몇 통이 필요한지, 닭을 잡을 것인지 염소를 잡을 것인지, 맥주는 몇 박스가 필요한지. 나는 어안이 막혀 이 목록들을 본다. 지금 무슨 빌어먹을 잔치라도 하자는 건가. 나는 우리가 무슨 옷을 입을지, 조문객들에게 어떤 음식을 내놓을지, 어느 단체가 오는지 마는지 관심이 없다. 내가 아직도 바닥으로 가라앉고 있으니까. 하지만 나는 관심을 가져야 한다. 이런 것들이 아버지에게는 중요했기 때문이다. "아버지가 뭘 원하셨을지 생각해 봐."라고 축스 오빠가 나를 위로한다.

우리 친할아버지는 비아프라 전쟁 때 피란민 수용소에서 세상을 떠나 묘비 없는 무덤에 묻혔다. 전쟁이 끝나고 나서 아버지가 제일 먼저 한 일들 중 하나가 뒤늦은 장례식을 준비하는 것이었다. 그래서 나는 아버지가 남들처럼 장례를 치르고 싶어 했으리라는 사실을 스스로 상기하려 애쓴다. 아버지가 버클리에서 유학 중이던 1960년대에 이제오마 언니와 우체 언니가 태어났을 때 부모님은 언니들에게 이보어로만 말하기로 결심했다. "영어는 어차피 학교에서 배울 테고 내 자식이 우리 말을 못한다는 건 상상할 수 없었거든." 아버지가 내게 말했다. 우리 남매는 이보족이라는 정체성에 대한 뚜렷한 자각을 갖고 자랐다. 만약 그것이 자부심이라면 너무나 자연스럽고 피할 수 없는 것이라 굳이 자부심이라 부를 필요도 없었다. 그냥 당연히 자랑스러웠다. 이보족 문화에는 내가 아름답다고 생각하는 것도, 반발하는 것도 많지만 나는 이보족 장례식의 축제 분위기가 싫은 것이 아니라 그 시점이 언제냐는 것이 문제다. 나에게는 시간이 필요하다. 지금은 엄숙함을 원한다. 한 친구가 내 장편 소설의 한 구절을 보낸다. "애도는 사랑에 대한 찬미다. 진정한 슬픔을 느낄 수

있는 자는 진짜 사랑을 경험한 운 좋은 사람이
다." 이상하지 않은가, 내가 쓴 글을 읽는 것이
이토록 고통스럽다니.

22

줌 회의 때 우리는 준비가 안 돼서, 실질적인 일을 잘 몰라서 우왕좌왕한다. 그것은 감정적인 몸부림이기도 하다. 우리는 지금껏 운 좋게도 모두가 안전하고 무사한 가족의 테두리 안에서 그저 행복하게 살아왔다. 그래서 가족의 일부가 떨어져 나갔음을 어찌해야 할지 모른다. 지금까지 애도는 다른 사람들에게 속한 것이었다. 사랑은, 무의식적으로라도, 자신만은 영원히 상실의 슬픔을 느끼는 일이 없을 거라는 망상적인 오만을 가져오는 건가? 우리는 휘청인다. 우리는 억지스러운 쾌활함에서 갑자기 수동 공격성으로, 혹은 어디서 조문객들에게 식사 대접을 할지에 관한 말다툼으로 방향을 튼다. 행복은 유약함이 된다. 슬픔 앞에서 사람을 무방비하게 만들기 때문이다. 하지만 우리 여섯 남매 모두가 부모님에게 깊이 이해받고 사랑받았다고 느낀다는 증거이기도 하다. 그래서 우리는 각자 다른 방식으로 애도한다. 그러나 "사람들은 각자 다른 방식으로 애도한다."라는 말을 머리로 받아들이기는 쉬워도 가슴으로 받아들이기는 훨씬 어렵다. 나는 그림자 속에 자신을 감춘 채 줌 회의를 두려워하게 되었다. 가족의 형태는 영원히 달라졌고 휴대폰 화면을 옆으로 밀었을 때 "아버지"라고 적힌 칸이 더 이상 없다는 것보다 더 가슴 아프게 그 사실을 보여 주는 것은 없다.

어머니가 과부 몇 명이 관습을 알려 주러 집에 찾아왔었다고 말한다. 우선 과부는 머리를 삭발해야 한다. 이 말이 끝나자마자 형제들이 재빨리, 말도 안 되는 소리고 그런 일은 없을 거라고 말한다. 나는 아내가 죽었을 때 남편의 머리를 삭발시키는 사람은 아무도 없다고 말한다. 며칠 동안 남편에게 아무 간도 안 한 음식만 먹이는 사람도 없다. 상을 당했다는 증거가 남편의 몸에 남길 기대하는 사람은 아무도 없다. 그러나 어머니는 그것들을 다 하고 싶다고 말한다. "남들 하는 대로 다 할 거야. 아버지를 위해서 할 거다."

23

장례식을 두려워하면서 동시에 그것이 빨리 지나가길 바라는 것을 상상해 보라. 우리는 날짜를 9월 4일로 정했고 고맙게도 주교가 장례 미사를 집전해 주기로 했다. 그것은 코로나 시국에 맞는 예식이 될 예정이다. 마스크 착용이 필수이며 조문객들은 사회적 거리 두기를 지키기 위해 여러 이웃집에서 식사를 대접받을 것이다. 나는 초대장 초안을 쓰기로 한다. 내가 추도사를 쓰는 것은 불가능하기 때문이다. 처음에는 타자도 못 쳐서 친구 우주가 대신 쳐 준다. 그런데 초대장을 인쇄하기 전날, 8월에도 나이지리아 공항이 열리지 않을 거라는 소문을 듣는다. 그 소식은 기본적인 정보도 하나도 안 맞을 정도로 엉망진창인 데다 이웃 나라들은 이미 공항을 열었기 때문에 더욱 당혹스럽다. 나이지리아는 늘 그렇듯이 모든 일을 필요 이상으로 어렵게 만든다. 다채로운 무능이 사방으로 사지를 뻗어 사악한 광채로 모든 것을 오염시킨다. 내가 태어난 나라에 대한 환멸은 어제오늘 일이 아니지만 이 정도로 강렬한 적대감은 신선하다. 비슷한 것을 경험한 적은 딱 한 번, 2015년에 아버지의 운전기사와 공모한 일당이 아버지를 납치했을 때였다. 운전사는 그 유명한 딸한테 몸값 좀 내 달라고 하라고 아버지에게 말했다. 아버지를 자동차 트렁크에 집어넣고 숲속에 사흘 동안 버려뒀던 자들 중 붙잡힌 것은 운전기사뿐이다. 나는 그때만큼 아버지가 (미국에서 태어난 언니들 덕분에) 나이지리아와 미국 복수 국적

자라는 사실에 감사했던 적이 없다. 나이지리아 정부는 아무런 의욕도 없었던 반면에 미국 대사는 우리와 통화하고 나서 상담역과 친절한 수사관을 보냈고 그들은 납치범에게 뭐라고 말해야 할지를 어머니에게 가르쳐 줬다. 오케이 오빠가 멀리 떨어진 곳의 나무 밑에 현금이 가득 든 가방을 놓고 온 뒤에 아버지는, 놀랐지만 침착한 모습으로 풀려났다. 아버지의 대범함이 이번에도 빛을 발했다.

"그 녀석들이 네 이름을 제대로 발음하지 못하길래 맞는 발음을 가르쳐 줬다."라고 아버지가 내게 말했다. 아버지가 유일하게 언짢은 표정을 지었던 것은 납치범들이 "당신 자식들은 당신을 사랑하지 않아."라고 하자 아버지가 "그런 소리 하지 마. 그건 사실이 아니야. 내 자식들에 대해 그렇지 말하지 마."라고 대꾸했다는 이야기를 할 때뿐이었다. 그 사건 이후로 아버지는 더 이상 은수카에 못 살겠다고 말했다. 아버

지는 "마을", 즉 선향인 아바로 이사하고 싶어
했다.

"다시는 그 길을 지나가고 싶지 않구나." 아
버지는 납치범들이 차 앞을 막아서자 운전사가
깜짝 놀란 척하며 차를 세웠던, 여기저기가 움
푹 파인 길에 대해 그렇게 말했다. 납치 사건은
아버지 안의 약한 면을 새롭게 끄집어냈는데 아
버지는 그것을 기꺼이 겉으로 드러냈다. 말하자
면 아버지의 단단한 겉껍데기가 말랑말랑해진
셈이었다. 그와 함께 아버지에게는 노인 특유의
고집과 가끔 나오는 심술궂음이 생겼다. 간혹
짜증 날 때도 있었지만 우리는 대체로 아버지의
그런 면을 재미있어했다.

그래서 9월 4일은 불가능하다. 나이지리아
정부는 공항이 8월 말에 열릴 거라고 발표하고
어머니는 새로운 날짜를 받기 위해 다시 성당에
간다. 이번에는 10월 9일이다. 다음 날 나이지
리아 신문이, 정부가 공항 재개장은 잠정적이라

고 말했다고 보도한다. 될 수도 있고, 안 될 수도 있고. 어머니는 확실한 날짜가 간절하다. "장례식이 끝나야 그때부터 비로소 상처가 낫기 시작할 거야." 어머니는 말한다. 나는 어머니가 그토록 용감해 보이는 동시에 지쳐 보이는 것이 마음 아프다.

24

기다림. 계속 모르는 상태. 코로나바이러스 때문에 장례식이 다 미뤄져서 나이지리아 남동부 전역의 시체 안치소가 가득 찼다. 이 안치소가 아남브라주(州) 최고로 알려져 있다는 사실은 중요하지 않다. 어쨌든 자주 방문해서 장례 지도사들에게 팁을 줘야 한다. 사랑하는 이의 시신을 안치소에서 찾았을 때 형체를 알아볼 수 없었다는 괴담도 있다. 오케이 오빠는 매주 안치소에 가서 이것저것을 확인하고 상처받아서 돌아온다. 오빠가 너무나도 원치 않는 성

변화(聖變化)[9]를 매주 다시 목격하는 것만 같다. 나도 그 얘기를 들으려면 마음을 다잡아야 한다. 아니, 사실은 듣고 싶지 않다. "안 가는 건 어때?" 내가 오빠에게 제안한다. "먼 친척한테 대신 가 달라고 부탁하자." 그러자 오케이 오빠가 대답한다. "나는 아버지를 편히 묻어 드릴 수 있을 때까지 매주 갈 거야. 아버지도 우리 중 누구를 위해서든 똑같이 하셨을 테니까."

---

9   성찬식에서 빵과 포도주가 그리스도의 몸과 피로 변하는 것.

25

어느 날 밤 생생한 꿈 속에서 아버지가 돌아온다. 아버지는 아바 집 거실에서 즐겨 앉던 소파에 앉아 있다. 그런데 어느 순간 그곳은 은수카 집 거실로 바뀐다. 병원에서 실수했어. 그러면 오케이 오빠가 매주 안치소에 찾아갔던 건? 그것도 신원 오류였고. 나는 잔뜩 흥분한 상태에서도 이게 꿈일지 모른다는 걱정에, 꿈속에서 꿈이 아니란 걸 확실히 하려고 내 팔을 찰싹 때리지만 아버지는 여전히 제자리에 앉아 조용히 얘기하고 있다. 내가 잠에서 깨어남과 동시에 너무나 고통스러운 놀람에 폐가 아려 온다.
어떻게 자신의 무의식이 그토록 잔인하게 자기
를 공격할 수 있단 말인가?

26

어머니가 1980년대에 은수카 사택에서 살
때의 일화를 들려준다. 하루는 아버지가 욕조에
서 젖은 몸으로 뛰쳐나와 서재까지 뛰어간 적이
있었다. 고민하던 문제를 마침내 풀었기 때문이
었다. 아버지는 학교를 사랑했지만 교내 정치는
싫어했다. "내가 부총장 대리가 되었을 때 ─ 아
버지가 내게 말했다. ─ 그런 실랑이는 다 그만
두고 하루빨리 강의실로 돌아가고 싶었단다."
아버지는 나이지리아의 명문대이자 당시에는
런던 대학교의 분교였던 이바단 대학교에서 수

학을 전공했는데 통계학 박사 학위를 받기 위해 미국 국제 개발처 장학금으로 버클리에 갔을 때 자신이 지금껏 받은 영국식 교육이 미국식 교육과 맞지 않는다고 느꼈다. 아버지는 흔들렸다. 그래서 학업을 그만두고 나이지리아로 돌아가기로 결심했는데 지도 교수였던 에릭 레먼이 아버지를 격려하면서 자신도 영국식 교육을 받고 미국에 왔다고 말했다. "굉장히 친절한 분이었지."라고 아버지는 자주 말하곤 했다. 친절한 사람이 친절한 사람을 칭찬한 셈이다. 아버지와 어머니는 레먼 교수의 집에 저녁 식사 초대를 받았을 때 나이지리아의 아바다[10]로 만든 옷을 입고 갔는데 그 집에 가던 도중에 어린 소년이 아버지를 가리키며 "아저씨가 이상한 옷을 입고 있어."라고 말했다는 이야기는 수십 년 후까지도 아버지를 즐겁게 했다.

10   아프리카의 수지 가공 면직물. 다채로운 무늬가 돋아 나오게 짠 브로케이드다.

아버지가 어머니와 언니들과 함께 나이지리아에 돌아온 지 얼마 안 됐을 때 비아프라 전쟁이 일어났다. 전쟁 중에 나이지리아 군인들은 아버지의 책을 모두 불태웠다. 한때 장미가 자라던 앞마당에 쌓인, 불탄 책장(冊張)의 재가 더미더미를 이루었다. 미국에 있던 아버지의 동료들이 잃어버린 책을 대신할 책을 보내 줬다. 심지어 책꽂이까지 보내 줬다. 나는 아버지가 위대한 아프리카계 미국인 수학자 데이비드 블랙웰을 얼마나 존경하는지 말했던 것을 기억한다. 내 장편 소설 『태양은 노랗게 타오른다』에는 비아프라 전쟁에서 책을 잃은 인물이 미국에서 보낸 책을 받는 이야기가 나오는데 거기 동봉된 쪽지에 이렇게 적혀 있다. "전쟁에 강탈당한 동료에게. 데이비드 블랙웰을 존경하는 수학자 형제단의 친구들로부터." 이것이 내가 쓴 문장인지, 아버지가 실제로 받은 쪽지의 내용인지는 기억나지 않는다. 어쩌면 미국의 수많은 학자들이 전쟁에 모든 것을 빼앗긴 동료인 우리 아버지를 돕기 위해 힘을 합쳤다는 사실에 감동받아 내가 만들어 낸 건지도 모르겠다.

아버지는 1984년에 샌디에이고 주립 대학교에서 일 년간 가르쳤을 때 그곳에 적응하는 것을 도와준 아프리카계 미국인 교수 척 벨과의 추억을 곧잘 이야기하곤 했다. 하루는 척 벨이 아버지의 아파트에서 마실 것을 꺼내려고 냉장고를 열었다가 달걀 한 판이 있는 것을 보고는 "제임스!" 하고 소리쳤다. 깜짝 놀란 아버지가 무슨 일이냐고 묻자 척 벨은 이렇게 대답했다. "달걀을 먹으면 안 돼. 그러다 죽어. 콜레스테롤이 너무 많거든. 당장 갖다 버리게."

아버지는 마치 "하고많은 것 중에 하필 달걀을 먹지 말라니!", "미국인들이 다음에는 또 뭘 먹지 말라고 할지 누가 알겠어!"라고 말하듯 냉소적으로 이 이야기를 들려줬다.

그 후로 나는 아버지가 아침 식탁에서 삶은

달걀 껍데기를 벗기거나 달걀 소스[11]를 숟가락으로 떠서 삶은 마 위에 얹을 때마다 "달걀 먹으면 안 돼요!"라고 말하곤 했다.

11　달걀, 토마토, 피망, 양파로 만든 나이지리아 요리. 채소가 들어간 스크램블드에그라고 보면 된다.

27

 내가 마지막으로 아버지를 직접 만난 것은 코로나바이러스가 세상을 바꿔 놓기 직전인 3월 5일이었다. 나는 오케이 오빠와 함께 라고스에서 아바로 갔다. "나 온다는 말 아무한테도 하지 마세요." 나는 손님을 피하기 위해 부모님에게 이렇게 말했다. "엄마 아빠랑만 주말을 오붓하게 보내고 싶어요."

 그날 찍은 사진을 보면 눈물이 난다. 떠나기 직전에 다 함께 찍은 셀카에서 아버지는, 오빠랑 내가 실없는 농담을 해서, 처음에는 미소

짓다가 나중에는 껄껄 웃고 있다. 그때는 몰랐다. 그때는 5월에 다시 와서 더 오래 머물 생각이었다. 아버지가 몇 년 전부터 들려줬던 자신의 어린 시절, 증조할머니와 할아버지 이야기 중 일부를 드디어 녹음할 예정이었다. 아버지는 증조할머니의 신성한 나무가 있었던 자리도 내게 가르쳐 주기로 했었다. 이보족의 우주론 가운데 나도 몰랐던 부분인데 어떤 사람들은 오그부 치라 불리는 특별한 나무가 자신들의 수호령인 치의 저장소라고 믿었다. 할아버지는 젊은 시절 친척들에게 납치당해 아로족 노예 상인에게 넘겨졌으나 다리에 큰 상처가 있다는 이유로 거부당했다.(아버지의 말에 따르면 할아버지는 다리를 약간 절었다고 한다.) 살아 돌아온 할아버지를 보자 증조할머니는 울부짖으며 자신의 나무로 달려가 그것을 어루만지면서 아들을 구해 줘서 고맙다고 치에게 감사했다.

아버지의 옛날이야기는 여러 번 들어서 익

숙하지만 그래도 더 잘 기록하기 위해 예전부터 아버지가 말하는 것을 녹음할 생각이었다. 하지만 시간이 있다고 믿었기 때문에 계속 계획만 갖고 있었다. 내가 "다음에 해요, 아빠."라고 하면 아버지는 "그래, 다음에."라고 대답하곤 했다. 가문의 역사가 희미해진다는, 사라져 간다는 느낌은 섬뜩하지만 적어도 나에게는 기억은 아닐지라도 신화를 쓰기에는 충분한 것이 남았다.

28

3월 28일 내가 제일 좋아하는 이모였던 캐럴라인 이모가, 코로나바이러스 때문에 이미 봉쇄되어 있던 영국 병원에서 갑자기 뇌동맥류로 세상을 떠났다. 남들에게 기쁨을 주는 사람이었던 캐럴라인 이모. 우리는 이모를 잃은 슬픔에 망연자실했다. 바이러스로 인해 죽음의 가능성과 편재성(遍在性)이 누구에게나 가까워졌지만 그래도 처음에는 집에 머문다면, 손을 잘 씻는다면 통제할 수 있을 것처럼 보였다. 그러나 이모의 죽음으로 그런 환상은 사라졌다. 죽음은, 이

모에게 그랬듯이, 아무 날 아무 때나 들이닥칠 수 있었다. 완벽하게 멀쩡하던 사람이 어느 순간 머리가 깨질 듯이 아프다고 하더니 다음 순간 숨이 멎었다. 안 그래도 어두웠던 시기가 가차 없이 더 어두워졌다. 이모는 내가 태어나기 전에 오랫동안 우리 부모님과 함께 살아서 언니들에게는 이모보다 언니에 더 가까웠다. 나는 지금 아버지가 충격에 목멘 소리로 이모의 죽음이 "충격적"이라고 말했던 것을 떠올린다. 그리고 우주가 더 사악한 계획을 짜는 것을 상상한다. 6월에는 아버지가 세상을 떠나고 그로부터 한 달 후인 7월 11일에는 아버지의 유일한 누이인 리베카 고모가, 매일 대화하던 오빠의 죽음에 상심해서, 아버지와 같은 병원에서 세상을 떠날 것이다. 침식이, 불쾌하게 모든 것을 휩쓸어 가 버리는 홍수가, 우리 가족을 영원히 부서진 형태로 남겨 놓고 갈 것이다. 죽음이 켜켜이 쌓여 갈수록 삶은 점점 더 종잇장처럼 얇게 느껴진다.

29

나는 왜 티셔츠에 그려진 빨간 나비 두 마리를 보고 눈물을 흘릴까? 사람은 실제로 애도하게 되기 전까지는 자신이 어떻게 애도할지 알지 못한다. 나는 딱히 티셔츠를 좋아하진 않지만 요즘 맞춤 티셔츠 사이트에서 아버지를 기리는 티셔츠를 디자인하고 서체와 색깔과 그림을 이것저것 시도하며 몇 시간씩 보낸다. 어떤 티셔츠에는 아버지 이름의 머리글자인 "JNA"를 넣고, 어떤 티셔츠에는 이보어로 "오메칸니아"나 "오일린니아"라고 적는다. 둘이 비슷한 뜻인데 번역하면 "그녀의 아버지의 딸"에 가깝지만 이 보어 표현이 더 의기양양하고 자부심 넘친다.

티셔츠가 언제 이런 현실 도피를 가져다준 적이 있던가? 나는 자주, 디자인을 멈추고 운다. 나는 자주, 아버지가 어떻게 생각할까를 생각한다. 아버지는 패션에 대한 나의 관심을, 그중에서도 특히 나의 평범하지 않은 선택을 재미있어 했다. 한번은 내가 어떤 행사에 입고 갔던 벌룬핏 팬츠를 보고 아버지가 "응케 디카 음무오."라고 말한 적이 있었다. 이건 가장행렬 같구나. 나라면 아마 "가장행렬"이라고 표현하진 않았겠지만 아버지의 의도는 알 수 있었다. 아버지라면 이 티셔츠들 중에서 몇 개는 괜찮다고 했을 것 같다. 티셔츠 만들기는 내가 침묵하기 위해 선택한 심리 치료다. 끝없이 소용돌이치는 나의 속생각을 사랑하는 이들에게 쏟아부을 수는 없기 때문이다. 슬픔의 붙잡는 힘이 얼마나 센지를 감춰야 하기 때문이다. 나는 이제야 가족을 여읜 사람들이 문신하는 이유를 이해하게 되었다. 그 사람을 잃었다는 사실뿐만 아니라 그에 대한 사랑을, 그 사랑이 지속될 것임을 선언할 필요가 있기 때문이다. 나는 내 아버지의 딸이다. 그것은 저항의 행위이자 거부의 행위다. 슬픔은 모든 게 끝났다고 말하지만 내 마음은 그렇지 않다고 말한다. 슬픔은 내 사랑을 과거에 가두려 하지만 내 마음은 그것이 현재형이라고 말한다.

내가 변하길 원하는지 아닌지는 중요치 않다. 이미 변했기 때문이다. 새로운 목소리가 내 글을 뚫고 나오고 있다. 내가 죽음을 얼마나 가깝게 느끼는지와 내가 언젠가는 반드시 죽는다는 사실에 대한 아주 세밀하고 강한 인식이 가득 담긴 목소리. 새로운 급박함. 만연한 찰나성. 나는 이제 모든 것을 글로 써야 한다. 내게 시간이 얼마나 남았는지 누가 알겠는가? 하루는 오케이 오빠가 이런 문자를 보낸다. "아버지의 건조한 유머, 아버지가 기분 좋을 때 웃긴 춤을 추시던 것, 아버지가 내 뺨을 토닥이면서 '신경 쓰지 마.'라고 하시던 게 그리워." 심장이 멎는 줄 알았다. 물론 나는 아버지가 우리 기분을 풀어주고 싶을 때 늘 "신경 쓰지 마."라고 했던 걸 기억하지만 오빠도 그걸 기억한다는 말을 들으니 새삼 진짜였구나 하고 느낀다. 슬픔의 지독한 성분 중에는 의심의 시작이 있다. 그러니까 아니, 이건 내 상상이 아니다. 그래, 아버지는 정말로 사랑스러운 사람이었다.

30

나는 지금 아버지에 대한 글을 과거 시제로 쓰고 있지만 내가 아버지에 대한 글을 과거 시제로 쓰고 있다는 사실을 믿을 수 없다.

감사의 말

　세라 샬펀트, 로빈 데서, 미치 에인절에게
감사한다.

전 세계가 "코로나 체제"하에 놓이게 된 지
도 햇수로 벌써 삼 년째에 접어들었다. 본디 "날
마다 반복되는 생활"을 뜻했던 '일상'은 언제 되
찾을 수 있는지, 되찾을 수 있기는 한지 그 해
답을 찾을 날조차 요원해 보인다. 그동안 수많
은 사람이 목숨을 잃었다. BBC가 과거 오 년간
의 평균 데이터를 토대로 세계 각국의 2020년
예상 사망자 수(기대 사망)를 산출하고 이를 초
과하는 실제 사망자 수(초과 사망)와 비교해 봤
더니 미국 16퍼센트, 영국 43퍼센트, 이탈리아

40퍼센트, 에스파냐 50퍼센트, 브라질 38퍼센트 증가 등 대부분의 나라에서 사망률이 상승했다.(미국의 경우 퍼센트는 낮지만 총인구가 다른 나라보다 많아서 실제 사망자 수는 가장 많다.) 즉 지금 전 세계에서는 그 어느 때보다도 많은 사람들이 애도의 기간을 보내고 있다는 뜻이다.

치마만다 응고지 아디치에도 이 코로나 기간 동안에 아버지를 잃었다. 아버지가 코로나바이러스로 세상을 떠나지는 않았지만 나이지리아 공항이 폐쇄된 탓에, 미국에 있었던 아디치에는 아버지의 장례를 치르러 나이지리아에 갈 수 없었다. 결국 그는 6월에 눈감은 아버지를 10월이 되어서야 땅에 묻을 수 있었다. 그리고 그렇게 기다리는 동안 이 책을 썼다. 이 책을 쓰는 행위는 작가에게, 티셔츠 만들기와 함께, 일종의 심리 치료였을 거라는 생각이 든다. 모두가 예상한 바대로 아버지를 잃은 슬픔, 아버지와의 정겨운 추억도 나오지만 지인들이 좋은 뜻으로 건넨

위로의 말에 자신이 왜, 얼마나 화가 났는지를 솔직하게 털어놓고 있기 때문이다. 코로나로 사랑하는 이를 잃은 많은 독자가 공감하고 위로받았을 듯하다.

28장에도 아버지에 이어 이모와 고모가 세상을 떠났다는 이야기가 나오지만 불행히도 아버지가 세상을 떠난 지 팔 개월 남짓 지난 2021년 3월 1일에 ─ 이날은 아버지의 생일이기도 했다. ─ 어머니까지 갑자기 세상을 떠났다.(코로나바이러스 때문은 아니었다.) 아디치에는 어머니를 위해「가슴이 어떻게 두 번 찢어지는가?」라는 추도사를 썼다. 채 일 년도 안 되는 사이에 부모님을 모두 여읜 아디치에의 심정이 어떨지 감히 상상조차 되지 않는다. 이 자리를 빌려 심심한 조의를 표한다. 어쩌면 가장 좋은 위로는 말없이 그저 함께 울어 주는 것인지도 모른다.

2022년 여름

황가한

옮긴이
황가한

서울대학교에서 불어불문학과 언론정보학을 복수전공한 후 출판사에서 편집자로 근무하였으며 이화여자대학교 통역번역대학원에서 한영번역학으로 석사 학위를 받았다. 옮긴 책으로 『보라색 히비스커스』, 『아메리카나』, 『숨통』, 『엄마는 페미니스트』, 『현대적 사랑의 박물관』 등이 있다.

상실에 대하여

1판 1쇄 찍음 2022년 7월 15일
1판 1쇄 펴냄 2022년 7월 22일

지은이 치마만다 응고지 아디치에
옮긴이 황가한
발행인 박근섭, 박상준
펴낸곳 (주)민음사

출판등록 1966. 5. 19. 제16-490호
서울특별시 강남구 도산대로1길 62(신사동)
강남출판문화센터 5층 06027
대표전화 02-515-2000 팩시밀리 02-515-2007
www.minumsa.com

ⓒ 황가한, 2022. Printed in Seoul, Korea

ISBN 978 89 374 2983 5 04800
ISBN 978 89 374 2900 2 (세트)

* 잘못 만들어진 책은 구입처에서 교환해 드립니다.